U0361334

To Hangzhou

by

Quan zi

杭州书

泉 子 著

华东师范大学出版社

上海

华东师范大学出版社六点分社 策划

这是一座城市的传记，

是一个诗人的成长史，

也是江南之所以成为江南

汉语之所以成为汉语

其更深处的秘密。

目录

自序

《杭州书》的起点为 2012 年。

在这一年，我即将迎来不惑。

在这一年，在对西方言说方式长达近二十年的学习与借鉴之后，我的写作正迎来一次新的蜕变，并在之后的写作中，获得一个越来越清晰与强烈的判断："我们这一代诗人，或是我们之后的一代代诗人，能不能通过对西方言说方式的借鉴来说出东方人对这个世界的一种最精微的理解将决定汉语的未来。"

这次蜕变的重要性可能只有我视之为我的写作元年所获得的那些最初的领悟可比拟，"诗是我们对身体深处那最真实的声音的倾听、辨认与追随，而在语言中的呈现"；并伴随着对江南的一种重新的认识，"江南不是靡靡之音，不是一种腐朽或堕落的代名词，而是那日常生活中的神性，以及那个精微而不失宏阔的宇宙"；并伴随着对山水的重新认识，"山水只有成为道的容器才成其为山水，否则只是西方人所谓的风景"；并伴随着那条逆着"道生一，一生二，二生三，三生万物"的道路，而终于获得的化繁为简的力；并伴随着对"阴阳相生"与"阴阳相成"的越来越深的领悟而终于得以重获的一个生生不息的人世。

正如我在题记中所说的：

> 这是一座城市的传记，
> 是一个诗人的成长史，
> 也是江南之所以成为江南
> 汉语之所以成为汉语
> 其更深处的秘密。

我想强调的是，"杭州"在这里是一种方便。就像我在一首刚刚完成的诗所表达的：

> 我特别羡慕林和靖，
> 这个生活在北宋
> —— 一个文明古国的
> 一个最好的时代，
> 以及这个辽阔国度
> 最好的一片山水中的
> 隐逸诗人，
> 而他离世时
> 距离那个山河破碎的时辰
> 还有整整一个世纪。

是的，我有幸与林和靖拥有着同一个城池，同一片这个辽阔国度中的"最好的山水"。

《杭州书》的命名直接来自这本集子中一首诗的标题。

> 无论是汪王的纳土归唐，
>
> 还是吴越王的纳土归宋，
>
> 都作为一种慈悲，
>
> 一份这方水土更深处的
>
> 祝福
>
> 及赠与。（杭州书）

而这同样有着来自江南的赠与，有着来自汉语的祝福，以及这属于东方文明深处的精微、智慧与慈悲。

保俶塔

不要成为他人指尖的一根刺
也不要成为自己手中的一把匕首
如果必须如此锐利，或许
你可以向宝石山顶那瘦削的塔尖学习
并从中获得某种启示
千年意味着什么？
是另一个瞬间，还是我们一直以为
仿若永恒的世代相续？
当它伫立着
当它把针尖般的塔顶融化在了
那湖水般稠密而通透的蔚蓝里

太多的人世

树叶飘落下来，像极了人的足音，
在荒无人烟的山野，
我真的听见那些遥远的脚步声了吗？
还是因为我的心中
依然有着太多的人世？

在春天

在春天，那慢慢鼓胀开来的山丘，多么像一个个漫溢的池塘。

它们在同一根疯狂的鞭子的抽打下，幻化为你、我耳闻目睹的

尘世。

山水之教诲

一座山由苍翠转向墨绿时，夏天就近了。

对一个季节的沉湎，

会不会沉淀为对另一个季节隐匿的敌意？

你从山脚拾级而上，在山脊上穿行，

直到一条新的下山之路在你的脚下显现，

直到你成为浓翳的树冠上，

最新溢出的一片叶子，

直到一个季节获得更新的时间，

直到你听见了大地的无言，

直到你终于理解，山水自有伟大的教诲，

而时间的循环往复

仿佛雀鸟在丛林深处的啼鸣。

经文的静谧

放下手中的书本，你走向对岸由葱茏的古木堆砌出的山丘，
并不意味着苍翠与空濛在这一刻给予你的吸引与教益，
超过了一本由密密麻麻的文字编织连缀出的经文，
而是头顶那由密密的树叶构筑出的穹顶，
在这一刻，在你对一条僻静的山中小径的穿越中，
拥有了经文的静穆。

你我有多渺小

历史不过是你随手记录在烟盒上，
又随即撕碎的一行行文字。
而灰烬依然不够彻底，
在一面由时间的火焰堆砌出的，
无所不在的镜子上，
你我有多渺小，
历史就有怎样的虚幻。

轮回

"人真的有轮回吗？
如果在下一辈子，
我有了别的爸爸与妈妈，
我们在路上遇到，
但我已经认不出你们了，
那该怎么办啊?!"
在又一次辗转反侧中，
点点说出了
她那几乎从绝望中漫溢出的忧虑。

来年的树

我不断地从地上捡拾起落叶，
它们越来越多，
越来越多，在手指间，
直到萧索的树丛深处，
升起一棵来年的树。

如是我见

水泥船上的起重机，

从湖底挖掘出一铲铲的淤泥。

静静的水面上，缓缓浮出一条新的长堤。

太美了

太美了！这孤独，这寂寥的，

这尘世，这干枯而遒劲的树枝紧紧攫住的天空，

而你手中的相机无法将之凝固，

你因此再一次想起了倪云林，

那将你们隔绝开来的七百年

会不会是一个尘世般坚固的梦？

五弦

在深冬，披拂而下的
柳枝上稀稀落落的叶子，
多像古人在虚空中挥动的五弦。

忘了吧

忘了吧，忘了这尘世，

忘了这尘世中曾有的悲伤，

忘了这尘世曾有的欢愉，

忘了你曾是那生长的树木，

忘了那含苞待放的花儿，

忘了那黄过又绿的草地，

忘了那些盘旋的翅膀，

忘了夜莺在黑暗深处的啼鸣，

忘了你曾经是一个那么弱小的孩子，

忘了你已为人父，

忘了你的孩子正代替你的生长，

忘了她终将拥有她的孩子，

忘了她的孩子终将获得你曾经的悲伤与欢愉，

忘了这仿佛无尽的人世。

鹅

鹅的高亢的叫声让人落泪。
它比我更懂得一个季节，
或许，也是这尘世的孤独。

凝固的舞者

光秃而遒劲的树，是一个个凝固的舞者。

它们在等待一缕将它们重新唤醒的春风。

年轻妈妈

一个年轻妈妈的乳头，
从她孩子的嘴唇上脱落出来，
她的面前是静静的湖水，
是薄暮中的宝石山，
是为苍翠的树木掩映的抱朴道院。

中年人

这座山已不是二十年前的那座山，

甚至不是我昨日刚刚登临过的那座山了。

就像我已不是二十年前的我，

甚至也不是昨日

那被这满山的苍翠与苍茫所震惊，

而被从心中漫溢出的泪水所阻隔的中年人。

山水落向大地

你是龌龊的，
你是卑贱的，
你是丑陋的，
你同样是喜悦的，
当你如蝉般蜕下自己，
当山水落向大地。

雾中划桨

在雾中划桨的人，他们并没能撕开浓雾。

他们一次次把手臂伸出身体之外。

他们不断地划，不断地划。

他们满载着雾，

他们的身体也是雾做的。

他们的脸是雾，他们的眼睛是雾，

他们的心何曾不是白茫茫的。

他们不断地划，不断地划，

他们一次次将白色的枯骨举过头顶，

又一次次探向水之深处。

风

西子湖畔，树木任意的生长都是好看的。
二十多年来，我沐浴着它的风，
而它为我拂去的心灵深处厚厚的尘垢之和，
与二十多年前，那颗年轻的心是相等的。

欢喜

我多么欢喜这由头顶枯叶穿凿出的
斑驳的天空，
我多么欢喜宝石山顶上的尖塔，
它在静静水面上的倒影，可以如此之完整。

孤山北麓

孤山北麓，由枯黄的残荷围拢的水面已结冰。

我用脚尖轻轻地触碰着，

并听见了身体深处，

那清脆，而决然的碎裂声。

一个时代的真诚

当我远远地望见

一辆辆车子缓缓驶过薄暮中的西泠桥时，

我心中有一种说不出的感动。

如果我是一名画家，

我会用几匹瘦马

来代替这些缓缓移动着的方形金属物吗？

或许，正是这样的诱惑带来的困扰与抉择，

测试着一个眺望者，抑或一个时代的真诚。

马蹄

我们去钓鱼，

我们去钓雨，

我们去钓大雁落入水中的倒影，

我们去钓漂浮过千年的长堤，

我们去钓古人的马蹄，

我们去钓

一颗如此年轻的心。

水面上的诗

你要把诗写在水面上，写在砂砾间，
写在云彩上，写在浩瀚的夜空，
写在与宇宙一样苍茫
而寂寞的心中。

暮色

一只鹅，然后另一只鹅；

一只野鸭，

然后另一只野鸭；

一只鹅，然后另一只野鸭；

一只野鸭，

然后另一只鹅。

它们彼此呼唤，

它们的欢喜编织出，

这越来越浓郁的暮色。

在西泠桥

落日正被远山所隔绝，

一池的金水

渐渐地涸散于你的眼眸，

涸散于徐徐揭开的夜幕。

你的头顶上，

一座被遗忘已久的城池缓缓升起，

黄金再一次碎裂，

而星光，

是必须在剧痛中

才得以完整保存的皎洁。

十年

十年了，太多年轻的男男女女们从我身边走过，

在西泠桥上，

仿佛十年中，从来没有皱纹爬上过那些光洁的脸庞，

从来没有过白霜落入那些乌发，

而只有不远处，孤山一年一度的枯荣，

湖畔荷花一年一度的开败，

哦，只有我身体深处，树叶持续的沙沙声。

在西湖沿岸的风物中

在西湖沿岸的风物中，

最让我倾心的，应该是宝石山山脊上，

那瘦削而坚实的保俶塔了。

它一次次从密林间浮出，

并与我相见，

一定缘于相互间一种强烈的吸引。

它伫立着，在一座城市

与它头顶的天空之间，

在蜉蝣般生生灭灭的生命

与一个仿佛无尽的瞬间之间，

你看见，

你终将被它看见。

我已活过了我自己

我已活过了无数的时代，

活过了世世代代的喧嚣

与孤独堆砌出的，

这宛如最初的城池，

我已活过了这最初的山，

这最初的水，

这最初的

由海浪馈赠的淤泥堆积出的寄居之地，

我已活过了我自己。

砌筑

他们用唐或宋代的石碑砌出了我们下山的路，

而我们用寂静与沉默，

砌筑出了一个此刻的、淡蓝色的薄暮。

我们终将被砌入，那越来越浓的暮色中，

砌入那树木、那枯草、

那虫的啼鸣与鸟的翅膀融合而成的

浑然与静默中。

静穆

孤山这样的小，而我每次的登临
都能发现一条新的上山或下山的路，
更别说那些以新的面目
来与我相见的树木或花草，
那些飞鸟，或与我一样，
为这一片幽静所吸引的松鼠了。
而你永远无法穷尽的这小，
不过又一次印证了生命的悠忽，
不过印证了你与松鼠，
与飞鸟，与这花草，
与这注定比你活得久远得多的树木，
曾经共同拥有过
这山的静穆。

倪云林

每次读倪云林的画，

我就会想起冬天，

想起生命中那共同的寂寥与萧瑟。

就像每到冬天，

我就会一次次想起倪云林，

想起那些他见过，

而又一次次与我相遇的，

繁华落尽的树木。

白翅膀的你

白翅膀的你，希望我的到来没有惊扰到你。

你那么优雅地展翅，

在透明中盘旋，

你并没有选择天空中

那些无中生有的岛礁作为休憩之地，

而是在离我不远的堤岸上重新收拢起羽翼。

是的，人们曾用我们共同的形象来描绘天使，

那在透明中永不停歇的翅膀，

那礁石般沉默的使者，

那在我们之间，正注视着我们，

而不被我们看见的眼睛。

你是谁？或者说，它是谁？

而我们终究需要一对如此古老而柔软的翅膀，

以将我们捎往那我们所不知的未来。

寂静是一面悬挂的鼓

那追随一辆疾驰的自行车而来的美妙的乐曲，

被一口浓痰卡在了喉咙里，

仿佛飞机引擎发动时形成的噪音，

随后，那团声音的粘稠之物，

落入了堤岸上的草丛。

但乐曲并没有再一次升起，

我的目光，代替了耳朵

追随那远去的车轮，汇入了更远处的车流，

汇入那些晃动着的光，直到寂静升起，

直到寂静成为一面悬挂着的鼓。

风景

正在争抢一尾鱼的鸭子，

它们因顾不上眺望，而成为了风景。

而我们又是谁的风景？

当一棵树看着我们，

当一座山，当一条河流看着我们，

当夜晚，当星光从树枝的缝隙间落下来，

并看着我们。

取之不尽的乌云

梧桐的飞絮如雪片般源源不断地落下来，
仿佛这个初夏的林荫道上，有一团取之不尽
而用之不竭的乌云。

空山

一座空山在你身后，
那误入山林的游人不能，
那啾啾不歇的鸟雀不能，
那浓郁的江南不能，
你的转身与寻访同样不能。
哦，你的不能，
是你无法从心中取出山。
你的不能，
是你无法从山中取走这空，这无，
这无边的寂寥与孤独。

清雪名庐

橘黄色的灯光，把一个古代的庭院
从孤山山脚浓密的苍翠中凸现出来。
那是另一个人间吗？
或者，那里空无一人，
那从窗户上漫溢而出的，皎洁的光，
在迎接繁花从枝头飘落，
而重新幻化为人世的一瞬。

圆月

当我转身，月就圆了。
在幽暗的水面，
在五光十色的城池之上，
在即将将它遮断的
浮云的侧畔。

凝望者的脸庞

旧的一年的结束，不在西历或农历年的十二月，

而是最后一片荷花飘落，

是一个如此葱茏的荷塘塌陷下来，

是一根根光秃而枯黄的茎秆在水面上，

在它的根部再一次发现自己，

是这静止的，仿佛从来没有过开放与凋零的水面，

是野鸭从你面前游过，

并将这里与更远处的水面

缝合成一张凝望者的脸庞。

盛年

最浓郁的苍翠一定会夹杂着那即将抵达的金黄，

就像此刻的孤山，

就像此刻，你站在北山路上，

并从一颗滚烫的泪珠中，

看见了自己的盛年。

莫名的惊悚

屈原是我心中的英雄，

杜甫是我心中的英雄，东坡居士、倪云林、曹雪芹是我心中的英雄，

黄宾虹是我心中的英雄，但丁是我心中的英雄，

荷马是我心中的英雄，

穆罕默德是我心中的英雄，耶稣是我心中的英雄，释迦牟尼是我心中的英雄，

孔夫子是我心中的英雄，庄周是我心中的英雄，

那在未知中，永远无法完成的你，会成为另一个英雄吗？

哦，你依然无法说出这颤栗，这莫名的惊悚！

诗人的心

一片树叶落下来，大地以微微的震动作为回应。

是又一片，是又一片片的树叶，

落下来，

落下来—

直到大地获得一颗诗人的心。

青山

如果再远一点，我们就能发现，
那并峙的青山同时属于一个仰卧的女子，
而她看见的蓝天，
是你此刻看见的，
也曾为当年绝望的屈子所见。

偶然

该怎样去理解与转述生命中那些无处不在的偶然？

你又该如何去忘却，

一只被目光剪去翅膀的鸿雁，

它径直落下来时，

你心中的惊悸与绝望！

孕中的女子

一个孕中的女人，

并不意味着她生命中最美好的时光已然结束，

而是从这一刻开始，她不再有单纯的悲与喜。

凡心

在对神持续的仰望与注视中，

光芒来自你的心，

来自身体的至深处。

这个终将为光芒浇筑的人是你吗？

而幽暗那无处不在的刀刃，

它无时无刻不在雕琢，在为一个伟大的时代赋形。

我终于没有辜负这片山水

我终于没有辜负这片山水，
而它在二十三年前，
对一个冒冒失失的年轻人的接纳，
在历经多少的寒暑之后，
也终于被证实是对的。

这是一种相互的信任
锻造出的祝福，
这是山水与人心互赠的千古。

礼物

"爸爸,你最爱的是谁?"

"点点。"

"要说实话,
因为没有一个人不是爱自己胜过另一个的。"

"是的,我也曾一直这样以为,
直到你来到了我身边,
直到这样的爱
成为你从另一个世界为我捎来的礼物。"

不断醒来的自己

异质文明是一面镜子吗？还是一间密闭的房屋中，阳光涌入，
而更远处的山峦得以徐徐展开的窗户？
不，异质恰恰是不断醒来的自己，
是我们一次次成功挣脱昨日之束缚，而终于成为今天的我们。

空无的蜜

多与寡都不是你所注目的。

你必须成为一，

那唯一的，甚至比一更少，

你必须在对心灵的持续倾听与追随中，

饮下这空无的蜜。

立春日

立春日，也是江南最萧瑟之时。
光秃的枝丫上，雀鸟正啼唤出
这季节的第一抹新绿。

一种人世注定永远无法企及的至善

在月光的映照下，我看见了松树的枝干，
那些古人曾以画笔在泛黄的宣纸上凝固的浑厚与苍凉。
而它曾作为一种虚构的美，一种被创造与发明出的真实，
一种人世注定永远无法企及的至善。

燕子

一对贴着湖面嬉戏的燕子，幻化为四。
它们中，谁又是唯一的那一只？
而你并没能看见，
那面在无边的透明中依然隐匿的，
无所不在的镜子。

黄金在褪尽所有光芒后的素净

荷塘在开阔处最先枯萎，

那是黄金在褪尽所有光芒后的素净，

那是一张在繁华落尽后才得以显现的脸庞。

静美

枯荷须向晚看，

在薄暮时分，

夜色渐渐浓郁，而华灯尚未初放，

而这尘世之静美，你始得以相见。

落日

只是前后五分钟，浑圆的落日已整个地没入了
那黛青色的山林，
而它曾仿佛永远凝固在那里。

春日即景

一生有几次桃红柳绿?

一生有几次草长莺飞?

一生有几次花开花谢?

一生有几次重逢与别离?

一行为千年后读者所辨认的诗

那不断用手中的权柄去交换利益的人获得了谀辞，

而你是否愿意用这人世全部的羞辱，

去换得，一颗历经沧桑后的赤子之心，

一行为千年后读者所辨认的诗？

波德莱尔对我们的吸引

波德莱尔对我们的吸引，

是因为那同一个时代的困境依然在考验着我们，

在两百年过去之后；

但丁对我们的吸引，是因为人性中那相同的软弱依然在困扰，

并考验着我们，在千年过去之后；

老子、穆罕默德、耶稣与佛陀对我们的吸引，

是因为这人世中的贫瘠与荒凉在过去的亿万年间未曾发生过一

丝的变异，

是因为那无数的昨天，不过是全部的过去与未来所共同熔铸

出的，

一个个如此崭新的今日。

就像此刻，这无数雨滴源源不断地从水之深处浮出，

并在水面上碎裂成一个又一个细小并扩展开来的涟漪。

给点点

当我看到一个蹒跚学步的孩子时，

我会去回忆点点在相仿年龄时的样子；

当我看见一个已然长成，

却依然青涩的少女时，

我会想象点点在她这个年龄时会想些什么？

当我看到一个带着自己孩子的年轻妇人时，

我会设想点点在一种辛劳中，

是否已然品尝到最初的生活之蜜？

当一个老妇向我迎面走来，

当我想起有一天点点也会获得她脸上的沟壑与皱纹时，

我的忧伤是如此浓郁的吗？

或许，她已然在一种徒劳中，

理解了这繁华而短促的人世。

如果

如果我是一名画家，
我就能记录下，
群山在这暮色中的奔流，

而我只记住了这苍茫，
这越来越浓郁的寂寞与孤独。

惊讶

此刻让我惊讶的事物有：
白鹅在静静水面上拉出的线条之直，
一个向你迎面走来的少女
那渐渐鼓胀开来的胸部在她的领口处支撑起的
一条触目惊心的缝隙，
一个衰败的荷塘，那最后一抹粉红
在薄暮中的坚持。

荷塘

今日的荷塘与昨日的，

又有所不同。

就在昨日，

它还那么细小，那么娇弱，

甚至有着全部的新。

而在今天，

它已重获一种绝望，

一种熊熊燃烧，蔓延开来的孤独。

远方

如果沿着陡峭的山坡拾级而上，
而不是绕着这逶迤的堤岸踽踽而行，
那么，会是一首截然不同的诗吗？
而你感激于这孤独，
这自足与欢喜为你捎来的远方。

长啸者

那从黑黢黢的宝石山山顶上传来的长啸，

让人心惊。

他是否找到了前世的自己？

他是否找到了，

一双千年之后的耳朵，

一颗埋藏在另一个身体中的，

他此刻的心，

他此刻的寂寞，他此刻的绝望，他此刻的孤独！

小野鸭

小野鸭一个猛子潜入了水塘深处，
它能潜伏多久成为此刻一个炽热的谜。
你屏住气息，是为不向那静静的水面捎去一丝的波纹，
直到你在水塘另一侧发现一只新的野鸭，
而它拨开的涟漪同样是新的，并已然传递到，
这为你所注视的，
有如你曾经的脸庞般光洁的水面上。

千年古树

属于你的领地越来越小，

直到你终于成为一棵千年古树。

云的城池

突然间，风住而雨止，

你得以在堤岸上驻足，

并注目于静静的湖水：

那里，一个无声的巨雷炸开了天空的一角，

那里，是一个瞬间坍塌的，云的城池。

它们都是不朽的

保俶塔的瘦，与西子湖的丰腴，

初秋荷塘中的墨绿，与深紫色的颜料被泼洒在宣纸上时得以显现的千古，

林和靖萧散中的孤独，

与黄宾虹以焦墨凝固的通透和浑厚华滋。

它们都是不朽的！

从她的腹部隆起的

从她的腹部隆起的，

是一座新的坟，一座新的山丘，

是由这绵延仿佛无尽的人世，

再一次聚拢来的悲凉与欢愉。

保俶塔从来不是被我看见的

保俶塔从来不是被我看见的，

而是我是否有足够的力量将它再一次从我心中取出，

并将它重新放置到这青山缓慢的流淌中去。

山水是最好的老师

山水是最好的老师，

譬如此刻，这在仲秋时节依然如此饱满的孤山，

它足以让你放下对即将到来的生命之秋的恐惧，

放下这人世的悲凉，放下这从你心底，从万物至深处积聚，

并从你的两鬓，从你的前额与脸庞，

从无数的树梢与枝头涌现的严寒与荒芜。

远山

能够抵达的都不成其为远山。
它们是起伏的地平线，
是将更远处隔绝开来的天边，
是你穷尽一生都无法企及，
而必须用枯墨将之凝聚的淡蓝。

山的嶙峋

当树叶落尽之后，

我们终于得见这山的嶙峋。

分别心

我还有太多的分别心，
——在通向圆满
那永无止境的
半道上。

不知从何时起

不知从何时起，我与这片山水是不可分割的了。

我与西湖、孤山、保俶塔、抱朴道院，

我与雷峰塔、净慈寺、南屏山，

我与苏堤、白堤，我与断桥是不可分割的，

我与这个繁华的城市，我与这个喧嚣的时代，

我与这浮华的人世，我与这因一首诗，因一个人心中的绝望，

而再一次聚拢来的宇宙的苍凉与世世代代的荒芜，都是不可分

割的。

鸟的啼鸣

黑暗中，鸟的啼鸣最让人心惊了，

就像丧钟为这存续了那么久的人世响起，

就像从这寂静的轰鸣声中冉冉升起的一轮旭日。

虽存已殁

雨夜，在白堤眺望华灯初上的宝石山，

我突然获得一双黄宾虹的眼睛，

一种无爱亦无恨的看与深情：

那繁华落尽后的澄澈，

那干枯深处的浑厚华滋，

那孤独中的虽存已殁，

那绝望中的丰腴与满盈。

淡蓝

远山的淡蓝永恒！
一种不可能更远的远，
一抹——
即将消散于透明的薄烟。

如果这晃动的湖水就是你的心

只有夕阳才能锻造出如此皎洁的金黄，

只有灵魂深处的鞭子才能带给你如此剧烈的颤栗，

如果这晃动的湖水就是你的心，

如果这渐渐浓郁的暮色中，有着一个时代

那全部的辉煌。

旧日

当花瓣落尽，

当斑驳的荷塘向我描述残缺的美

同样蕴藏着动人心魄的力，

当我转身，

并从你的红唇上，

看见一个完整，而不曾消逝的旧日。

第一个音符

这些光秃秃的柳条多么像披拂而下的琴弦，

而在虚空中隐而不现的，那么有力的手指，

还没有来得及摁下，

并弹拨出这尘世的第一个音符。

人世之寂静

那个满头乌发的年轻人沿着公园曲折的小路走到尽头，
返回时已是满头的白发，
他右手牵着的女孩，还是那样的年轻，
那样的美丽，
还是那样的小鸟依人，还足以测度出
这人世之寂静。

念诵

树叶是因为我诵读的经文而飘落的吗？
还是，我的念诵
因一片树叶的飘零
而获得了空气的颤栗？

玉兰

五月，玉兰树与它周围更多绿色的树木并没有什么不同，
仿佛那无数白色或红色翅膀，
从来不曾停上过，料峭春寒中那些光秃的树枝。

最初的自己

还可以这样专注吗？
还可以这样决绝吗？
还可以这样不管不顾吗？
还可以重新找回那个最初的自己吗？
还可以写下这些不朽的诗篇吗？

哦，这不着一字，
而又已然尽得的人世风流！

不安

那个曾悄悄将一件你的珍视之物占为己有的人，在多年之后，
偷窃的羞耻是否依然在困扰着他？

而这也是这么多年来，你一直心有不安的缘由。

对话

"爸爸，人为什么会死?"

"这是自然规律。
万事万物都有其限度，
包括地球，包括我们头顶的星辰，
包括整个宇宙。"

"但是爸爸，你和妈妈不在后，
我会很孤单!"

"如果有一天爸爸妈妈不在了，也不是真的离开你。
我们依然在一起，
只是我们用同一双眼睛在看，
同一双耳朵在听，同一个鼻子在呼吸。"

"我知道，我知道，爸爸，
但我还是希望能这样碰到你，摸到你!"

而一股滚烫的热泪正从点点的眼眶滑落，

在我们紧紧贴在一起的脸颊上。

覆水难收

只有到人生的中年后，才能真正理解"覆水难收"的含义，
才知道那无穷无尽的秘径，
不过是人生那世世代代之浮华的见证。

你在骨子里是一个新安人

你在骨子里是一个新安人。

在你血脉深处，有着这片山水世世代代的倒影。

而直到不惑之后，

你才渐渐理解你为何一直引朱熹、黄宾虹为楷模与知己的

原因，

并把诗作为一种修行，作为一个不断完善的生命在语言中留下

的痕迹。

你同样理解"存天理，灭人欲"这伟大徒劳中的艰难。

而你知道，你知道，

你此刻心中依然无法涤荡尽净的，那些不洁的想法，

也曾为朱子与黄公捎去这人世的，如此浓郁的悲与喜。

啼鸣

是布谷鸟，还是乌鸦的啼鸣，

最终赋予这黑漆漆而伸手不见五指的夜晚以幽暗的光，

以及一枚果核中的万丈悬崖得以测度的尺子。

爱

动心是简单的，一如树叶在微风中的浮动。

而爱从来如此艰难，

它有着一粒种子成长为参天大树所经历的，

那全部的阳光，与风雨晦暝。

我不敢想象

我不敢想象，如果当年成功应聘了那个万众瞩目的岗位，

今天的我是否已在人事的漩涡中碰得头破血流，

还是已然成为了又一个肠肥脑圆、志满意得的成功者？

就像，我不敢想象，

如果我不是我，

那么，这山是否还是这山，这水是否还是这水，

而我是否依然配得上这寂寥的尘世，这喧嚣时代深处的绝望与

孤独？

那曾经怒放的青春

当年那个曾遭袭胸的女子，应已年近垂暮，

她是否还记得那个拥挤的码头？

她是否还记得一次来自那已不辨音容的少年的冒犯？

她应还记得

那曾经怒放的青春！

你有多深情

你有多深情，

世界就有怎样的寂静。

相遇

当一池的荷叶再一次高过你的眼睛时，
你始得与寻觅已久的自己相遇。

雨夜

一尾鱼跃出了幽暗的水面，
在我在堤岸上矗立了很久很久之后，
在这个细雨霏霏的夜晚。
当我沿着堤岸前行了两百米，
它又一次在我面前一跃而出。
它一定有什么要告诉我，
或者说，它一再地跃出水面，
只是让我记住这个雨夜，
记住这黑黢黢而白茫茫的人世。

诗人的孤独

山之上是树冠，树冠之上是被弥漫的水汽与云雾所遮蔽的天空，

天空之上是什么？星辰们的俯视之上是什么？

在星辰与星辰之间，那么辽阔的幽暗是什么？

宇宙的旷远是什么？

那悠悠的天地之间，一个诗人的悲伤与孤独是什么？

奖赏

不会因为幽暗，

而将你口中的痰吐向你面前，

那同样幽暗而洁净的水面。

这是因持续了二十多年的写作，

因持续地，对一个湖泊的凝望，

一个不再年轻的诗人，终于获得的奖赏。

忽然间

忽然间，你有了一种巨大而无可言说的忧伤，

满天的云彩化作你此刻头顶的晚霞，

而你是那些曾经耀眼的光，

而你是那终将将你整个地吞下的

天空的寂静与大地的无言。

这雾霾深处的国度

这雾霾深处的国度，

这雾霾深处的时代，

这雾霾深处的西子湖，

这雾霾深处的孤山，

这雾霾深处的保俶塔，

这雾霾深处的抱朴道院，

这雾霾深处的驻足者，

这雾霾深处的眺望，

这雾霾深处的悲与喜。

艄公

风把一池的湖水吹皱之后，岸便移动起来。

你终于成为倪云林笔下

那个面目不再被世人所辨识的艄公，

你终于获得了一叶瓢泊于烟渚的扁舟，

你终将通过你手中的竹篙说出：

这人世的寂寞与荒芜。

青山的徒劳

诗是那个矫捷而轻盈的江洋大盗，在雪夜的大地上留下的
痕迹；
诗是那些从来不曾存在的瞬间，因一只知了在盛夏或初秋的
啼鸣，
因一群蚂蚁终日的奔波得以显现的悲伤与欢愉；
诗是一个人的徒劳，一条河流的徒劳，
一列青山的徒劳，一粒微尘与头顶星空的徒劳；
诗是一个人、一条河流、一列青山、一粒微尘以及他们头顶的
星空
为孤独，为寂寞，为绝望，为这伟大的尘世赋形。

故国

这滂沱的大雨是天空的哭泣吗？
而那与干枯的大地一同醒来的，
是你沉睡已久的故国。

独行者

会当凌绝顶的，
一定是一个一意孤行的，
踽踽独行者。

注视

要经历怎样漫长的孤独？
要经历多少的人世？
当你从对整个世界，如此热烈的好奇中，
凝聚出一缕星光般
狭长的注视。

似曾相识的陌生人

你不认识我了吗？
在北山路沿湖的人行道上，
在正擦肩而过的刹那，她问。

你好！

但她是谁？
她是我遗忘已久的故国吗？
她是那伟大的汉语吗？
她是我终究不能记起姓名与来历的，
一个似曾相识的陌生人。

泉子

我不是楚国的屈原，不是曾领魏晋风流的嵇康与阮籍，
我不是谢灵运，不是陶渊明，
我不是标识出盛唐，
甚至是整个古汉语之高标的李白与杜甫，
我不是千年之后都罕有匹者的东坡居士，
我是汉语的，一口新的泉子。

落日的圆满

你要比一个穆斯林更虔诚，
你要比一个基督徒更敬畏，
你要比一个释子更慈悲，
你要比那儒者更勇于担当，
你要比青山更孤独，
你要比落日更圆满。

诗人

爸爸，你希望我长大后，
和你一样成为一个诗人吗？

我的沉默，或者说犹豫，
是因为我知悉，
一条道路尽头如此的丰盈，
与沿途注定的险象环生，
是因为我知悉，
一个人毅然决然，
并终于成为他自己时，
那全部的艰难。

这永不为我们所见的织者

不仅仅是语言，万物都源自道的召唤，而又成于肉身。

语言同样作为一种普度众生的渴望，是重新将我们，将万物编织在一起的网。

而织者永不为我们所见。

哦，这永不为我们所见的织者，

他有一双空的眼睛，他有一双无的手，

他用寂静将我们一次次说出，

他用幽暗将我们一遍遍地发明。

欢喜

爱不是相互的占有，爱是宁愿不自由，

是宇宙如此浩渺无际，而我们同在人世时的欢喜。

决心

不是我优于常人，

而是我比他们多一份赴死的决心。

人世之空濛

这辽阔已为我所见，

而我依然未能抵达人世之空濛。

宋画

我们在宋画面前垂下了头，

是我们向古人以笔墨线条勾勒与浮现的一颗如此寂静的心的

致意，

是我们又一次震惊于，这道的庄严与静穆。

最初是浑然的

最初是浑然的，

你与你周围的一切，你与整个宇宙……

而你始于对自我的意识，

始于一个永久帝国的分崩离析，

始于在你的惊诧与窒息中，

一个如此繁盛的人世终于落向大地。

孤独

你的孤独是因为你的尘缘未了，

是因这暮色四合，

而远山的苍茫催人泪下。

曾经所见的烟云

那么暴烈的一场雨已然止息，
那么浓密的云已然消散，
那么浓郁的人生终究如这暴雨，
如你曾经所见的烟云。

镜子

那从岩石深处成功取出一面镜子的人是谁？
而他终究未能拭去镜面上，
那源源不断地
从大地深处浮出的霜雪。

珍惜

你珍惜上天恩赐给你的每一日，
你珍惜这人世在每一个瞬间深埋，
而因你此刻的心
得以再一次擦亮的悲与喜。

受苦

你为在酷暑的烈日下，

一朵无法搬动自己的鲜花而受苦；

你为你置身的一个喧嚣的时代，

而又不得不永远去承受这寂静之渴而受苦；

你为你是那被缚的普罗米修斯，

同时又是必须日日用尖喙从普罗米修斯的胸间取出一颗滴血的
心脏，

以汲取那幽暗之力的雄鹰而受苦；

你为你是你，

而又从来不曾是你而受苦。

祖国

除了身体至深处的这条河流，
再也没有什么能配得上"祖国"，
除了一种流淌的古老
与那注定的远方，
再也没有什么能配得上它的辽阔与虚无。

诗

诗是电闪雷鸣的一瞬，

也是清凉的微风轻拂过你赤裸的身体上的毛发时，

这整个人世的美好与寂静。

仲秋的孤山

仲秋的孤山依然是饱满的，
那在山脊上穿行，迎面向你走来的是谁？
而枯叶松开枝头的一瞬依然是漫长的，
它在落向大地的刹那捕获了人形！

东山峰纪游

我们来到山顶时，云正落向地面来迎接我们。

我们在云中喝酒，我们在云中吃肉，

我们在云中谈天说地，我们在云中不论古今。

云中一日，人世已是千年呀！

如果我们回去，我们能回到哪里？

如果我们回去，我们应羞于与镜前一张如此年轻的脸庞相遇。

如果我们回去，那人世的浓雾中

是否真的隐藏有一朵此刻俯身的云？

这一侧

这一侧有宝石山，另一侧有吴山，

这一侧有保俶塔，

另一侧有城隍阁，

这一侧有抱朴道院，

另一侧有净慈寺与南屏晚钟，

这一侧有将你此刻的凝视，

与曾经在北山路上的眺望隔绝成两个不同时辰的湖泊，

另一侧有那由无数的船只与蜻蜓编织出的

水的绸缎与绫罗。

洪荒之远处

爸爸，我宁愿永远不再长大，

如果你可以永远不老，

如果我们一家人可以这样永远在一起。

小区边一个临时的羽毛球场上，

一次挥拍的间隙，

点点说。

如果时间在这一刻停滞，

世界会怎样？

我们会被成功囚禁在球拍最新的一次挥动中吗？

而球停在了空中，等待洪荒之远处，

重新落向大地的一瞬。

我如此热爱孤山

我如此热爱孤山，是因为它的精致吗？
还是因这被水所拥簇中的孤绝，
并通过一条长长的堤岸与两座拱桥，
与北山路，与宝石山，与整个世界重新连接在一起时，
那刹那中的颤栗与欢喜？

林和靖墓

孤山已不是你当年所见的山了，
这些郁郁葱葱的古木
也没有一棵是你当年所见的。
而你当年的筑庐处，
游人日日如织，
他们流连、寻胜于
一座你所未见的孤坟。

孤山

在白堤上前行，
你蓦然回首中看见的孤山
并非孤山，
而是那个泪流满面的自己。

玛瑙寺

玛瑙寺曾经的主殿，

现在是一条拥有细微弧度的石板路，

以及小路两侧郁郁葱葱的树木。

而在有寺院之前，

在圆智大师与林和靖以诗词唱和，

依然令我们心生向往的风流之前，

或许，这里是一片密密的树丛。

而更远处，或者说时间的更深处，

东海激荡的海面下，

穿梭着的鱼群，在唇齿的翕合间，

吐出了这山丘成为它自身的，

最初的细沙与淤泥。

拱形的顶点上

你已经走到了那在烟岚中仿佛从来不属于这人世的古桥，
当你站在拱形的顶点上，
是两岸的青山分别从曾经的烟岚中浮出，
而万古同时向你涌现时的绝望与孤独。

无穷无尽的皱褶

我太熟悉这里的一草一木了，
但我依然不得知悉这青山的起伏隐藏起的，
那无穷无尽的皱褶，
那无穷无尽的悲伤、绝望与孤独。

江南

江南是我的福分，是一种属于北人的，如此浓烈的思，
终于获得了西子湖畔柳枝之柔弱与至善的一瞬。

不可穷尽之书

就像一本如此美好的书，

你一次次放下，

以免很快被翻过那最后一页。

但事实上，

孤山是一本你终其一生，

都不可穷尽的书。

繁华是这一刻的

繁华是这一刻的，

这由歌者与舞者翻滚成的

热气腾腾的湖面是这一刻的，

（星辰俯视中的，

一口沸腾的铁锅是这一刻的，）

熙熙攘攘的人群是这一刻的，

那一个个垂直的灯柱在湖面投下的一个个暗影是这一刻的。

而曾经，

这里是一片人迹罕至的丛林，

一个僻静的港湾，一个骇浪滔天的海面，

直到雁群投下第一片帆影。

不知从何时起

不知从何时起，我看到华灯初上的宝石山，

就会想起黄宾虹的画，

并恍然于那些幽暗的光芒

如何穿透了厚厚的宿墨与岩层，

并给予世世代代的凝望者以深深的慰藉。

雷峰塔

在大约一分钟之后，
我才得以在雨雾深处辨认出雷峰塔依稀、
若隐若现的轮廓，
仿佛它从未存在过，
而仅仅因一次凝望的雕琢。

那共同的严寒

一个自娱自乐的歌者，

一个年过半百的中年人，

相对于匆匆的行人，

静静的湖水才是他理想的听众。

或许，他曾经经历过不算成功的人生，

就像他的着装与眉宇所袒露的那样。

但那不完美的歌喉中一种如此浓烈的人世

依然绊到了你，

你突然想起早年读叶芝，

在听闻毛特·岗结婚的消息时写下的那首诗，

而生命中那共同的严寒

再一次捉住了你。

我又活过来了

我又活过来了，

不是我不必混迹于人群，

而是我重新获得了，

一种不仅仅属于我一个人，

甚至不仅仅属于任何一个时代的知与见。

而刚刚过去的亿万年间，

我的知音们——

已化为世世代代的，

时间之箭矢，

已化为此刻的，

满天繁星。

不自由

野鸭时而沟浮于水面，时而飞上了天空，
它们时而并行，
时而向两个相反的方向奋力而飞，
并共同描画出了
一个巨大的圆
得以显现的细微的弧线。
而你一直矗立于堤岸，
并沉溺于这一刻，
或许是那永远的不自由。

千里之外

当我在千里之外。点点问阿朱，
爸爸会不会因想家而落泪？
而话音刚落时，
两行热泪已从她的脸庞上
滚落了下来。

人世中

人世中，唯有无常堪与说永恒，
唯有无常堪与说生生世世。

亲爱的女孩

亲爱的女孩，是否你可以永远不长大，
而我永远不老？
亲爱的女孩，是否花可以永远盛开，
月亮永远浑圆而皎洁？
亲爱的，亲爱的，
这羁旅间脉脉一瞥中的绝望与欢喜，
是否真的配得上一个人世的孤独，
与那永无止尽的荒凉。

荷花带给我的震惊

荷花带给我的震惊，并非此刻的美与繁华，
而是它终于无可挽回的凋零。

相见

在疾驰的行旅中，
一只在车窗前方低低盘旋的大雁让我感动，
当它穿越了如此浩淼的宇宙，
来与我相见。

生命的提升

生命的提升

对应于秩序的重建，

对应于"道"

之缓慢

而终于的显明。

风流人世

在这浓荫蔽日的山间小径上，你会遇上

一只狐狸，一位仙人，

或是一个妖娆的妙龄女子？

而你更愿意遇上的是智园大师，就像在一千多年前，

他在这里一次次的说法开示，

就像他与林和靖的一次次诗词唱和，

就像那只有这青山不曾忘却的人世风流。

越来越远

野鸭飞上了天空，
并不知疲倦地，
用翅膀搬运着远山，
以及大地与天空合而为一处
那越来越远，越来越淡，
一个终于渐渐为你所见的人世。

千年之新

在千年之新与昨日之旧之间，你抬头，

看见了一座初春的宝石山，

以及保俶塔尖顶之上的，亿万年之前的蓝天。

我还可能是谁

我是王维，也是杜甫，

我是李白，也是幽州台上怅然落泪的陈子昂，

我是整个盛唐呀，

我还可能是谁？

我还能否再一次成为那最初的自己？

我还能否——

从宇宙的子宫中，

再一次捧出

一个如此伟大的人世？

春风化雨的一瞬

如果说日常生活与伟大作品之间的敌意如此古老，
甚至始于宇宙的诞生与人世的重临，
那么，所有伟大的作品又终究成全于
它与日常生活相认的，电闪雷鸣
同样是春风化雨的一瞬。

这季节

这季节本应属于桃的红与柳的绿；

这季节本应属于冰的碎裂与水的消融，

这个季节本应属于由人世的喧哗所雕琢，

而得以赋形的一条寂静的河流；

这季节本应属于

依然为此情此景所感动，

而终于重获一池春水之柔弱的，

一颗诗人的心。

汉语之未来

再也没有什么可以让我忧心忡忡的了，
除了尚处年幼的女儿点点与越来越年迈的父母，
除了善良但又时有孩子般任性的阿朱，
除了那依然隐没在一个时代浓雾深处的
汉语之未来。

那因自然而来的

有时你还是过于刻意了。

或许，自然才是最好的老师，

也是它赠予我们的

一种接近圆满的知识，

那因自然而来的不偏不倚，

那因不偏不倚而来的温润如玉。

磐石

每天，我把念诵金刚经、心经、圣经与古兰经，
以及抄录道德经、论语作为一种日课，
每天，它们都准确无误地
帮我找到心中那块共同的磐石。

微凉

盛夏，梧桐树斑驳的枝干上
仿佛落满了霜雪，
而你因这凝视
领受到了
一个季节深处的微凉。

一个车水马龙的人世

逸云寄庐过去是林社，

林社过去是放鹤亭，

放鹤亭过去是云亭，

云亭过去是西泠桥，

西泠桥过去是苏小小墓，

苏小小墓过去

是你此刻蓦然从身后，

从遗忘之乡打捞起的，

一个车水马龙的人世。

那些惊惧着我的

那些惊惧着我的，从来不会是迅疾的，

而是缓慢而不绝如缕，

是仿若无尽

而又悄无声息……

汉语的辨认

我终于可以坦然面对生死了。
而我终于没有辜负汉语，
辜负语言与万物深处的道或空无
透过如此纷繁的人世完成的，
对一位诗人的拣选与辨认。

伟大的通衢

坚持，坚持一条歧路，
甚至是一条相反的道路，
直至你为这人世重新开掘出了
一条伟大的通衢。

不得安宁

诗是为那颗终于安住的心准备的，
是我们在通往幽暗与寂静的永无止境中，
那所有的惶惑
与不得安宁。

烟云深处的道路

许多在你曾经的写作之路上仿佛不可逾越的天堑与山峰，

包括最初你周围的友人，

包括在你的前行中

不断给你以养分的米沃什、布罗茨基、沃尔科特……

他们已化为在你今天回望中的山峦起伏，

以及曾为你的步履丈量过的，

一条烟云深处若隐若现的道路。

年轻的神

他们能认出你吗？

一个一百年前的黄宾虹，

一个一千两百年前的杜甫，

一个两千年前的耶稣基督，

一个两千五百年前

惶惶如丧家之犬的孔夫子，

一个依然如此孤独，

依然并注定不能为一个时代所辨认的

年轻的神。

命运一直厚待于我

命运一直厚待于我，它用一次次的峰回路转
来向我描述了这人世的无常与永无止境。

人世的至善

人世的至善通过你的心写在了脸上，
人世的欢喜与绝望穿越大地至深处晃动不止的针眼后，
终于融铸出你头顶仿若无尽的蔚蓝。

末日

它们在浑浊的水面上游弋、追逐与嬉戏，
就像我们在这雾霾深处穿行，
就像我们一次次安然度过了
那深埋于每一个瞬间的末日。

年轻的妈妈

在北山路沿湖一侧的木椅上，
一位年轻的妈妈在奶她的孩子，
我在道路另一侧的露台上，
看见了衣服皱褶间，
那道若隐若现的光亮！
而我也曾有过一位这样年轻的妈妈，
而我
也曾如她此刻怀中那块肉团般柔弱，
并把那对丰满的乳房
等同于宇宙的全部！

银针

一首伟大的诗对应于
你终其一生的徒劳，
对应于
一枚银针落向大地时
那巨大的轰鸣。

春梦

在一个惊心动魄

而一触即发的春梦中，

我因转身合上身后的门扉

而醒转过来。

她会为那刹那后的杳无音讯，

为一个永远的空隙而惊悚吗？

而她应比我更懂得一个繁盛而虚无的人世，

她应比我更懂得

生命中

那无处又无往不在的绝望与孤独。

在另一个十年之后

是在来到杭州整整十年后，
我才第一次真正走到了湖边。
而在另一个十年之后，
我才得见
西湖沿岸那些在每个春天到来之前
繁华落尽的树木。

苏堤

在苏堤从北往南的第五座拱桥上，
我被一对步履蹒跚的老人所吸引，
一种令人心惊的苍老：
一位气喘吁吁的老妇人
搀扶着一个更为孱弱的
她的男人，
这会是他们最后一次经过吗？
而正是他们急促的呼吸声
让我再一次看见了
拱桥那不易察觉的起伏。

壮丽山河

汉语的魅力依然是在源头上的，
是对空无的一种如此殊胜理解，
并终于吐露出
这为你我所见的
壮丽山河。

传说

如果不是世世代代的传说，

这山还是这山，这水还是这水吗？

而一座山，一片水

终究会发明出

那世世代代的传说，

那波澜不惊的水面，

那青山之起伏……

当雾霭遮住了远山

世界仿佛是永无止境的，

当雾霭遮住了远山，

当灰蒙蒙的长堤与孤山

将一个依然如此丰盈的人世围拢过来，

当你在越来越浓密的雾霭中，

看见了自己。

至美

至美是"朝闻道夕死可矣",

以及那注定与绝望相伴随的永恒。

悲戚

妈妈，你的离去不是永别，

而是"纵使相逢应不识"带给我的悲戚。

不以物喜

不以物喜，不以己悲，

心无旁骛而又不置身事外，

就像——

道不远人，

就像空无

甚至永不舍弃，

那些狰狞与绝望的面容。

执着

所有的执着都会化身为
一个我们看不见的巨兽
所张开的血盆大口。

不是愤怒出诗人

不是愤怒出诗人，
而是一块被推向深潭的巨石
在为飞溅的浪花赋形。

那个同样寒冷的冬天

在这个寒冷冬夜的环湖公车上，
空荡荡的车厢内
只有我们三个互不相识的人。
你白发苍苍，
坐在我的侧前方，
我想起三十年前，
我刚刚来到这座城市的
那个同样寒冷的冬夜，
你应风华正茂，如此刻的我，
而我应年轻如许，
如与我们相隔四五排座位，
此刻正朝我们张望的，
那个青涩的少年。

节日

妙妙从宠物医院回来的日子成为全家的一个节日，

点点信誓旦旦地说，

她今后再也不会因小猫妹妹的顽皮乱发脾气，

而曾在我心底完成的

一次关于一只因偶然的机缘成为这个家庭一员的野猫

与因呕吐脱水后住院四天近五千元的高额医药费用之间的

辩驳，

已然作为一次关于重逢与别离的再教育，

而此刻，我们共同感受着

这初遇的欢喜。

一个时代或许会辜负你

一个时代或许会辜负你，
但只有一个不怨天不尤人者
才配得上生生世世。

你从来是那个历经沧桑的人

这从来是一个至纯至善的世界，

这从来作为一个险恶的江湖，

而你从来是那个历经沧桑的人。

人世有着怎样的美与善

语言或者说诗在根本处是人，
或者说，人世有着怎样的美与善，
诗才能企及怎样的真与圆满。

它看见了什么

清晨，妙妙蹲在窗台上，

它回头望着我，

目光那样深邃。

它看见了什么？

它眼中的世界是怎样的？

它是否和我一样骄傲

或自以为是，

并把自己看见的、听见的、嗅到与触摸到

以及想象到的

作为这宇宙的全部。

惊讶

我惊讶于我已活到了古人眼里的高龄，
惊讶于
我已年长于许多曾比我年长得多的
亲友与故人。

真实是让人畏惧的

真实是让人畏惧的，
就像黑洞中那令人窒息的高贵
与不自由。

江南之所以成为江南

江南之所以成为江南，

是因王羲之、谢灵运，

是因白居易、苏东坡，

是因黄公望、倪云林，

是因董其昌，

因四王、四僧，

因黄宾虹、

因朱熹与王阳明，

因你的毅然决然，

以及那孤绝中的

一往情深。

汉语的未来

汉语的未来恰恰在我们对我们之所自的
那世世代代的辨认中。

不是我更为谦卑

不是我更为谦卑，
而是我比他们多一分
向那幽深处独自跋涉的
坚毅与孤绝。

怅惘

每次警觉于随意放置在餐桌上的水或饭菜是否会被妙妙偷
吃时，
转瞬又被它已然销声匿迹，此刻不知在人世的哪个角落，
而你们不知今生能否再次相见的怅惘所替代。

快乐是摩罗的诱惑

快乐是摩罗的诱惑，也是佛陀的教诲，

在这无处不是欢腾，

无处不盛放着忧惧的尘世。

当你想起

当你想起你的一生

不过是不满百次的桃红与柳绿时，

你就有了

一种莫名的悲戚。

道阻且长

所有伟大的书写
都是我们在与曾经的知音不断地告别，
而终于得以与最初的自己重逢的
道阻且长。

在东方的智慧中

在东方的智慧中，
宇宙同样无垠，
但又从来不会外在于
那颗永不可名状的心。

浪花

每一朵浪花都是有意义的，
就像每一颗露珠
每一朵鲜花，
每一粒星辰，
就像我们正穿越的
一个茫茫人世。

道不远人

道不远人，
就像义理从来，
或永远作为事功
那最丰沛的源头。

人世之自由

无可而无不可，
你方可配得上
这人世之自由。

残荷

还要经历怎样的风霜

我才能配得上

这一池的残荷？

大地之寂静

不是在寻一首诗，
而是我听见了
大地之寂静。

记住

记住，记住这道从水面消失
而永不再重现的波纹，
记住你此刻的心，
记住一个荒凉
而又让你尝尽悲欢的人世，
记住这苍茫的大地。

在一场大雪过去很久之后

在一场大雪过去很久之后，
只有沿湖亭台的屋瓦
依然是白色的，
而你仿佛突然间回到了
多年之前，
那个你第一次从经文中
品尝到甘醇的薄暮。

致林和靖

梅花开了，雨落下来，
我坐在与你一墙之隔的木亭中，
听风、听雨，
听花开的声音，
听不远处水面上波纹的起与落，
涨与消，
听千年前那对白鹤振翅后
此刻在空中余留的轰鸣。

宝石山从来没有这样苍茫过

宝石山从来没有这样苍茫过，

在一场大雪的覆盖中，

大地从来没有这样苍茫过，

就像你此刻的心，

就像这悲伤与欢愉

如此浑然地交织……

最为珍贵的十年

我来到西湖的这一侧

不知不觉已过去了十年。

在过去的十年中，

最重要的事

莫过于母亲因点点的到来，

远离故土陪伴我走过的

最为珍贵的十年

并在接近十周年的一个凌晨

遽然离世，

而这十年间，汉语同样发生了

一种悄无声息

而又惊心动魄的变化。

我几乎忘掉你了

我几乎忘掉你了，
在山与水的怀抱中，
我几乎获得了
那个无牵无挂、
而又无智亦无得的人世。

经文

是日日诵读的经文帮我找到了这片密密的丛林，
是这片密密的丛林帮我找到了今日之泉子。

消息

曾经，每当想到有一天
会永远失去彼此的消息，
我胸口就忍不住地剧痛。
多少年过去了，你还在人世吗？
而我再一次震惊于青山那从来的静默
与永无止境。

最好

最好，我们以素颜相见，
就像此刻的保俶塔，
或是同时为你所见的
那隐藏在宝石山另一个皱褶间的
抱朴道院。

并非对无的执着

当山脊上的岔道显现，

我选择了人迹罕至的一条。

并非是我对少、对无的执着，

而是我越来越倾心于，

那唯有寂静与幽暗方得相遇的美景。

成就

是世世代代的文人成就了这湖，以及这沿岸的
山山水水吗？
或许，也是这湖以及沿岸的山山水水
成就了生活，并浸润于其间的诗与人。

东方式辨认

每一个人，每一粒微尘都是一个微型宇宙，
都携带着宇宙全部的信息。
或许，正是这样的秘密领悟，
终于触发了众生平等，万物有灵的
一种东方式伟大辨认。

不是干枯

不，不是干枯，而是这冬日枝头蕴含的
一种如此光洁、纯净、饱满的力
给予我以深深的吸引。

在岁末

在岁末，那为阳光注满的花、草，
以及一颗如此饱满的心
万古长新。

见证者

这世上最繁盛而华贵的都市的见证者们

去了哪里？

你会是一个新的见证者吗？

当你再一次说出了美与繁华，

当你用凝视在沿湖的山崖上，再一次敲凿出了

一行尚未被辨认，

而已然为青苔所浸没的文字。

如此崭新的人世

是一次次从水面浮出的尾翼
让我看见一尾在新荷间穿梭游弋的鱼，
是它每一次的浮沉
带给了我
一个又一个如此崭新的人世。

旧友

一只小小鸟停落在我脚尖前的岩石上，
它望着我，一直望着，
仿佛看见了失散多年的旧友
今日着着新衣。

黄宾虹

因一张定格于灵隐寺旁暮年黄宾虹的写生像，
当我第一次看到画家壮年风流倜傥的影像时，
我心中升腾起一种恍若隔世的惊诧，
并理解了真正的质朴恰恰是我们穷尽所有的力量，
而终于得以涤荡尽净的浮华。

日课

每个周末，你沿着北山路、西泠桥、孤山、白堤、断桥的
行走，
作为日课，作为你对西湖山水一周一次，
一周数次的写生，
作为你的心终于一次次从你的目光所及处
汩汩而出的一瞬。

曲终人散

只有道，只有真理，只有空无

使一棵树成为了一棵树，使人世成为了这人世。

而剩余的，如落叶的飘零，如树木的腐朽，

如这人世一次次的曲终人散，而又循环往复。

并非繁华落尽

并非繁华落尽，
而是大地深处生生不息的力，
通过这些光秃的树枝与嶙峋的山石
来与我相遇。

云亭因简洁而美

云亭因简洁而美，
孤山因无数的皱褶
而获得了
人世之丰盈。

而你起于什么

保俶塔源于一位王后对丈夫与一个王国的祈愿与祝福，

雷峰塔，原名皇妃塔，

起于一位国王对爱妃的纪念。

而你起于什么？

而你是否同样源于这人世的

一种如此刻骨铭心的爱恋、绝望与孤独？

一览无余的人世

那对年轻的恋人毅然决然地走入雨幕深处之后，
你终于获得了一个一览无余的人世。

圆满

圆满的是一个你不去强求，
而又已不再被辜负的人世。

六一井

当苏轼再一次客居杭州时，
他的故友惠勤法师
与曾经介绍他们认识的六一居士
都已不在人世了。
而他重返故地时的孤独与怅惘
依然通过一口枯井汩汩而出，
在千年之后。

在她远未尝尽这人世之悲欢时

在祈祷时，我眼前经常会浮现

一幅泛黄的照片，

一张母亲年轻时微笑着，

又仿佛在哭泣的脸庞，

在她远未尝尽这人世之悲欢时。

远方

自从我发明出道与真理等词语后，
我以为不再有更远的远方，
直到蓦然回首时，我再一次看见了青山
那仿若静止的奔腾。

灵隐

灵隐旧指西湖沿岸的群山，

（后改称武林）

今天，它对应于东南之地

声名最为卓著的一座寺院。

温柔敦厚之地

江南不仅仅是盛产靡靡之音
而醉生梦死的奢靡之乡，
它更是那孜孜于日常生活中的神性的
温柔敦厚之地。

明月

我不能通过手中的笔记录下天空中这弯明月，
是因为我的心依然配不上
它此刻的皎洁。

晃动不止的人世

西泠桥只有圆拱的顶部依然悬浮在墨绿色的荷叶之上，
而你终于因那些在拱桥之上走走停停的行人
而获得了一个晃动不止的人世。

洗心

那个用青山洗心的人，
那个用绿水洗心的人，
那个用白云洗心的人
终于获得大地至深处的澄澈、蔚蓝
与深情。

齐鲁行

两千多年前，这里始从蛮荒之地
进化为礼仪之邦。
而此后的两千年
是儒风不断南移，
以及一个伟大江南缓缓浮现的
漫长一瞬。

天越来越寒凉后

天越来越寒凉后，
西湖越来越完整，
而你越来越接近
一个本来的人世。

只要心正

只要心正，一切就都是恰到好处的，
就像你此刻眺望中所见的
孤山与云亭。

唯有阴阳和合中的欢喜

清 程趾祥《此中人语·瑶池浇花女》：

"丽人先醉，履舄交错，

频频流睇送情。"

几百年以后，那对多情的男女去了哪里？

而唯有阴阳和合中的欢喜

依然温暖着

一个从来而寒凉的人世。

欢喜

当我从它们身旁经过时，
它们在水面奋力地拍打着翅膀，
并在五六米开外重新收拢起羽翼，
并回头望着我，
而我如此愧疚于
我曾带给它们的惊扰，
又因这茫茫烟雨中的相遇
而深深欢喜。

你今天看见的

你今天看见的柳丝与昨日的
又有所不同，
仿佛那看不见的画笔
在悄然中，
又涂抹过了
最新的一笔。

微甜

我是突然间意识到

并惊诧于

我的整个青春期都处于一种极度焦虑中，

在一种时代的症候广为人知之前。

是诗歌，还是经文终于带给我以拯救？

而我甚至不知道

我是从什么时候开始获得了

一种淡淡的欢喜——

那"无色声香味触法"处的微甜。

江山处处之胜迹

不是挥霍

而是"我善养吾浩然之气"

成就了，

江山处处之胜迹。

在良渚反山王陵

五千年后，

你曾经的肉身与残骸

已化为腐殖与泥土的一部分，

在我此刻伫立之地的正前方。

只有散落于墓穴中的玉琮、玉钺、玉璧

标识出了

曾经如此显赫的一生。

你最后的归瘗之地

被五千年后的人们认定为王陵。

而此刻，你又是谁，

你获得了一双怎样的眼睛，

一张怎样的脸庞，

并又一次与我们相遇

在这茫茫人世。

夜幕即将垂落

夜幕即将垂落，

恰是这人世最苍茫时。

枯荷

如果不是诗，
又会是什么让你走出
一条绝然不同的道路，
并终于得以
与这片冬日的枯荷相遇。

没有什么能伤害到你了

没有什么能伤害到你了。

而你依然会因人世

这从来的寒凉

而忧怀、感伤不已。

满天繁星

与你同时代的知音不会太多。
（虽然已不少，
你觉得）
而他们又与你未来，
以及往昔的读者一道
从幽暗之至深处浮出，
为——
你此刻头顶的
满天繁星。

星星

天上有多少颗星星，
塔克拉玛干就有多少粒沙尘，
这人世就有多少种热爱
与痛哭的缘由。

在阿拉尔

我所认识的棉花

是它厚厚的果实，

而直到近四十年后，

我惊讶于它的娇柔之美，

在阿拉尔。

这尘世中的万物

这尘世中的万物，
这依然欢喜着的
我和你
这一粒，一粒粒
正落向水面的雨滴。

夜色越来越浓郁

夜色越来越浓郁，

直到云亭在对岸，

依稀——

而终于无法为你所辨识。

自由

自由是你不再需要任何的倚傍，

而仅仅在枯萎中

（那是时间唯一的深处吗）

赢得了

一粒饱满的种子重新落向大地时的

孤绝，与轰鸣。

最初

最初，要向山中撷得一组诗，
你才觉得不虚此行，
后来是一首、一行，
更后来
只需移易一个词，
一个字，
直到你终于发现
并惊诧于你所有经过的
恰是那最美好的
山水与人世。

当你的心满盈时

当你的心满盈时，
你看见的花草树木、
远山与浓云
都散发着
一层淡淡的光晕。

寂静的风暴眼

你第一次从这条人迹罕至的林间山路上经过时

遇到同向与相向走过的两个人，

成为你此后几十次穿过这条小路遇到行人最多

也是唯一的一次。

另一次让你记忆犹新的是：

那从你头顶的树梢上传来了惊涛拍岸般的呼啸声，

而你的脚下

依然是风平浪静的，

仿佛你一直置身于

一个寂静的风暴眼，

并驮着整座青山踽踽独行。

吴山

吴山并非吴越两国的分界点，
（在过去十几年中，
我曾一直这样以为）
而是古吴地最南端的
一座声名卓著的山丘，
并让世世代代的眺望者
得以纵目俯瞰
那曾将吴越两地隔绝在两岸的
浩荡，而不舍昼夜的奔流。

释怀

还有怎样的爱恨是不可以释怀的?

当我们从宇宙的至深处获得了

一次崭新的凝望

或俯视。

不可辜负

唯大地与天空，
唯你的心
与日月星辰
不可辜负。

简洁之路

增添同样作为一条简洁之路，

就像天地因这一个个崭新的皱褶，

而终于盛放下

宇宙的无穷。

大石佛寺

她在敲一扇似乎从来没有打开过的大门，

在大石佛寺毁于一百六十一年前的

一场大火之后。

她一身的制服，以及洁净的脸庞

给你以勇气，

"可以带我一起进去参观吗？"

一扇大门几乎同时向你们敞开，

你们也几乎同时受到了热情的主人的邀请。

在你们参观完石壁上残留的

千年前的佛像后，

主人指着院落正中央的

一棵巨大的银杏树说，

它的年龄是一百六十一，

作为浴火后的大地

最初之重生的见证。

"在这里，它是最年轻的，

除了我们。"

当我从锦带桥走到断桥

当我从锦带桥走到断桥，

再一次转身时，

雷峰塔的灯已亮起，

仿佛它从来

并一直亮着，

并终于得以与这薄暮中

一个如此饱满之人世相称。

月落日升

语言的背后是人，是他的心与脸庞，
是一个人之所以成为一个人的地理、
气候、风俗，
以及我们头顶的
月落日升。

绿色的巨浪

一棵树不是一棵树，
而是那从大地深处翻滚出的
一个绿色巨浪。

我有一种悲伤

我有一种悲伤，
有时是他人负我，
而更多时，
是我负这人世
太多、太多！

圆月与枯荷

永恒的西子湖，
不朽的你我、圆月
与枯荷。

寒梅几度开

寒梅几度开，
而你终将
借由这薄霜
几度重来。

你一次次迎着暮色

你一次次迎着夜色
穿过长长的白堤，
而在蓦然回首中
看见的雷峰塔
与并峙的青山，
仿佛刚刚从古画上
被揭下，
又重新被放置回
这大地的苍茫中。

美不是这枯荷

美不是这枯荷，
不是这在枯荷间游弋的
野鸭或鸳鸯，
而是一颗如此寂寞而饱满的心
经由这尘世中的万物
来与你重见。

悲伤

最初是母亲说，

"我不要你了！"

紧接着是她同样年幼的姐姐，

而她身后的父亲的衣袖

正被她怒气冲冲的母亲

紧紧拽着。

而你曾经的悲伤

与无助

此刻正经由这张倔强

而稚嫩的脸庞浮出，

在孤山之北麓。

不知曾几何时

曾经你会定期去抱朴道院，
沿葛岭一侧拾级而上，
在山腰盘桓半日，
继续登顶，
然后从宝石山的另一侧下山。
而不知曾几何时，
你更愿意去远观，在白堤，
在逸云寄庐与锦带桥之间，
去看那黄色的院墙
一次次从山的皱褶间浮出，
又一次次为苍翠的树枝
所掩翳。

一种如此紧密而深切的关联

当你想到，你的祖上

（在三百多年前）

曾翻山越岭，穿过这条古道，

来到山的另一侧，

并求得他的好友——

大儒毛际可

为新修的族谱写下的序言，

你便与这一山一水，

一草一木发生了

一种如此紧密

而深切的关联。

你曾是一个易怒的少年

你曾是一个易怒的少年，
你曾经拥有一段漫长——
焦虑、充满沮丧的青春时光，
而此刻，你已获得一种坦然，
并得以与这片枯荷
以及更远处
那列静默的青山相见。

转化

只有那个更好的自己
才能将所有的憎恶
转化为爱
与慈悲。

所有伟大的事物

所有伟大的事物都有如神启，

又是科学般缜密的，

就像佛陀、老庄、孔孟、朱熹、

王阳明的教诲，

就像一首首不朽的诗，

就像事功从来的坚实，

并作为真知

那永恒的源头。

当你想到

当你想到，

几乎每次欢宴之后，

与会的人中都会有一位

或几位

将永不再（能）相见时，

你突然有了

一种深深的怅惘

与悲戚。

风景

风景是需要去发现的，
而它同样
在辨认着
一颗诗人的心。

日日新

日日新
意味着一种古老的传统
需要我们
以每时每刻的凝视，
去不断地激活
与发明。

诗的源泉

心之最柔软与温暖处

即诗的源泉

与福祉。

鸳鸯

相隔一米远的两只鸳鸯，
颜色鲜艳的那一只在前，
另一只落在后面，
仿佛有些犹豫与踟蹰。
那个有着一张圆圆脸蛋的女孩，
她的一只手被紧紧握在
那个高出她一头的男孩的手中，
"去追呀！
继续追呀！"
她在堤岸上焦急地喊着，
仿佛她就是其中的这一只，
或是那一只。

不可穷尽

孤山之不可穷尽
恰如一颗诗人之心的
永远年轻。

人世

相对于周围这一群，

你更在意的是诗僧良宽

念兹在兹的山川

或自然

（你同样可以

以"人世"一词名之）

在今天

是否依然完整？

当你认定以良宽为楷模

当你认定以良宽为楷模

或你之命运时，

人世便突然间

获得了

一种深深的静寂。

灵隐寺

一段百年前由瑞典摄影师拍下的

灵隐寺的默片上：

那沿途络绎不绝的香客。

那些轿夫

与坐在轿子上的人。

那位妙龄少女

（她依然能准确无误地

击中你的心）

与和她同行的贵妇

应是她的母亲。

那站在道旁不断弯腰屈膝的

年迈的乞丐。

那些虔诚的，

背对镜头，依次通过的僧侣，

其中三位因被镜头所吸引，

而在回首的刹那

留下了一张张清晰的面容。

那个逆着僧侣的队伍，

借助一根长长的竹竿

搜寻着道路的盲人。

那个不断跪拜、

起身、再跪拜的年轻人，

以及他侧畔的香炉中，

由燃烧着的纸钱释放出的

熊熊火焰。

那个抄经的

年轻的僧人。

那个掉光了牙齿，

咀嚼着食物的老僧。

（曾有那么一个瞬间，

你把他误认作年迈的母亲）

而最令你惊心的，

是你因字幕得以第一次看到，

并辨认出的

依然年轻的太虚大师，

那张大智若愚，

而尚未繁华落尽的面容，

此刻，他

或是他们会在哪里？

不要

不要为赢得那些廉价的掌声

而失去

这安身立命

之所在!

宾翁带给我太多的温暖与鼓舞

宾翁带给我太多的温暖与鼓舞，

包括：他对五十年后知音的确信，

以及在衰残之年，

即七十岁、八十岁之后，

直到生命最后一息，

依然不断为我们奉上的，

那个更好

与最初的自己。

一首诗的饱满

一首诗的饱满，
恰是一颗心的饱满，
亦是一粒露珠，
以及这落日
之浑圆。

真人

我孜孜以求的，

不是一个世俗意义上的王者，

而是那真人。

青山

青山在新安两岸
依然是古拙的，
而到富春后
它的秀气方显然
而浓郁。

人世之盛年

你沿着西子湖的堤岸走着、
走着，
并在不知不觉间，穿越了
人世之盛年。

写生

我是二十多年来

在每个周末

沿西湖堤岸的行走，

而又仿佛是在一个刹那间

理解了

石涛上人一再强调的写生，

与"搜尽奇峰打草稿"

之于一个画人，

或是一首诗的意义。

不圆满

是所有的不圆满
共同铸就了地球——
（它是另一个
我们此刻
在眺望中所见的圆月吗）
在宇宙
之深处的浑圆。

如果不是诗

如果不是诗，

我不知道我会（能）找到什么

来抵御这人世之严寒。

诗

诗即我们心的萌动
与惊悸所隆起的
这大地之起伏。

金属的巨鸟

如果古人看见一架飞机

（这金属的巨鸟）

腾空而起，

就像你此刻在窗台前所见，

那么，在一种混合着

极度的恐惧与震惊中，

会诞生下什么？

而你曾立誓

从一个金属的蛋中

孵化出

一首伟大的诗。

一种易于甄别的善

一种简单

而易于甄别的善：

你必须时时

在俯视中发明出

此刻母亲在天上的看

——她的告诫与祝福，

她的欢喜

与忧戚。

山脊

不是道路越走越窄，

而是你已来到了

一处

你必须独自

穿行而过的山脊。

哭

每个人哭的都是自己，
哭这个永远都不可得圆满
与完整的人世。

杭州书

无论是汪王的纳土归唐，

还是吴越王的纳土归宋，

都作为一种慈悲，

一份这方水土更深处的

祝福

及赠与。

百废待兴的人世

一片新的荷叶刚刚探出
因浮萍丛生
而狼藉的湖面，
仿佛你此刻正置身的，
这个劫后余生
而百废待兴的人世。

仅仅不到千年之时

在紫阳山上，
米芾书写，
姜召摹刻的
"第一山"
依然如此雄浑有力，
胡缵宗题刻的"紫阳洞天"
同样依稀可以辨认。
而与它们紧邻的两处题刻
已漫漶不得识矣！
（是我来得太晚了吗）
在过去
仅仅不到千年之时。

三十年间

三十年间，你曾几度登临，
而又惊诧于此刻的抵达，
如那初见。

紫阳山

这座三十年前为你所初见

而又一直熟视无睹的山，

突然间让你泪流满面，

并非物是人非，

抑或青山不老，

而是你知道，

你知道了

一个人去寻找，

去倾听，

并去成为那个最初的自己

是多么地艰难！

你看见

你看见了一只白色的飞鸟

如箭般

射向那为浮萍遮掩的水面，

你看见了

一条鱼那修长的身体

在空中剧烈地扭动，

你看见了一种渐渐获得的慢，

直至寂静之重临，

你看见了

那尾静止的鱼

突然加速游过了

鸟的比它的身体狭窄得多的脖颈，

你看见了大地

那一如既往地残忍

而生生不息。

年轻人

看着这群年轻人为即将到来的离别而歌哭时，
你也抑制不住地潸然落泪，
因你也曾有过这样的年华
与别离。

在倪瓒墓前

我们之间相隔的
是近七百年的寂静，
直到我从你的墓碑上
默念出了
我前世的姓名。

孤坟

明洪武七年（公元 1374 年），
倪瓒在江阴长泾借寓姻亲邹氏家。
"身染脾疾，一病不起，
后转好友儒医夏鹢家治病，
并于阴历十一月十一日在夏府停云轩辞世，
享年七十四岁。
他的遗体埋在江阴习里陈店桥北，
后迁葬于无锡芙蓉山麓倪氏祖坟。"
而当 648 年后，
我们第一次来到他的墓前时，
这里曾经的森森墓碑与累累坟茔
（他的先人与更多的后来者）
都已不知所踪，
而仅仅留下了一座孤坟，
并对称于
这人世或宇宙之
最初的苍凉、饱满与寂静。

开元寺

在无锡开元寺，
在那些庄严肃穆的佛像中，
我看见了四十年前，
那个不仅仅是喧嚣、狂飙突进，
而同样可以如此寂静的年代，
以及得以完整留存下来的
一张张
同样属于汉语的
清凉、皎洁
有如满月的面容。

诗的意义

当你认识到诗最大的意义
在于修补一个残缺的人世，
并帮助你去成为那个更好的自己时，
你才获得一种真正的拯救，
并终于得以放下
那全部的抱怨
与不平。

小男孩

亲爱的小男孩，
你为何而哭，
在西子湖畔，
在此刻白堤
熙熙攘攘的人流中。
而我亦曾如此伤怀于
这个由沮丧、无助与悲伤
充塞的人世（城池）。

远山与游云

那为你所见的
远山与游云
无一不在测度着
一颗心
亦是这人世的
饱满与寂静。

如那枯荷

在一个衰败的人世中，
你又该如何独善其身，
——如那枯荷？

宝石山

宝石山在夜色深处
像极了一只蛰伏的小兽。
而它有多温顺，
你的心，或这人世
就有着怎样的柔软。

在去往宣城疾速行驶的列车上

在去往宣城疾速行驶中的列车上，

你望着窗外突然想起了

二十四年前写下的《苏北平原》——

这组收录在你的第一本诗集中，

又几乎被你完全忘却的诗。

（事实上，它们并没有选入

你后来的诗歌选本，

虽然你依然记得

你在记录下它们的

那一刻心的悸动，

你依然记得这些心无旁骛

与物我两忘的

最初的时辰）

仿佛你（们）乘坐的是同一辆列车，

仿佛你（们）看见的

是同一片土地，

仿佛这暮色中的苍茫

已了然无痕地抹去了

那将一个少年

与他的中年隔绝开来的

时间之沟渠。

敬亭山

是钟灵神秀，
亦是人世之深情
通过这一草一木，
与满山的苍翠
来与你、
我相见。

弘愿寺

所有走过的路都不会白费。
当你在迷途中
回首望见了
敬亭山山麓
——弘愿寺参差、巍峨
而寂静的飞檐。

一种最平凡的真

一种最平凡的真

（或者说，

真从来都是不平凡的）

又终究胜过

那虚幻之美

无数。

天崩地裂的一瞬

在暮色深处的奔驰中，你们一行

因你的一个试探性提议，

而来到这里，

（他不仅仅是一个民族的人文始祖，

也不仅仅作为伟大的德孝文明之源头，

（所有可见的源头都不成其为源头，

而是一种里程碑意义上的存在）

他同样是你姓氏源流

与考据学上的

那个活泼泼的祖先）

并默念出"南巡狩，崩于苍梧之野。

葬于江南九嶷，是为零陵"时，

仿佛那天崩地裂的一瞬，

正发生在此时此刻。

在永州

在永州，你想起了柳宗元
与他写下的《永州八记》
和《江雪》
——"千山鸟飞绝，万径人踪灭。
孤舟蓑笠翁，独钓寒江雪。"
而千年后，
这生命深处的孤绝与寂冷
依然准确无误地
找到了你。

愚溪

太美了，又太过破败的！
这因柳子而得以重新命名的愚溪。
（是宁愚毋智的吧？
并在另一个千年之后，
通过另一个人说出的，
"宁拙毋巧，宁丑毋媚"）
而在最初，
你误以为只是江南乡间的
一条司空见惯的沟渠，
并惊诧于钴鉧潭、小石潭及西山的
幽冷、寂静，
而在千年后依然鲜活如初的美，
而你又仿佛有了柳子当年
在不到二十日间连续购得西山
与西山两百步之遥的钴鉧潭
（同样是破败的）时的慨叹
与欢喜。

山水的世外桃源

库村带给你的震撼

与深深的感动，

不仅仅是一门十八进士，

而是一个山水的世外桃源，

一个古典中国社会

微小而依然完好的模型，

以及那个伟大江南

或汉语，

在这里展露的

勃勃生机。

云亭

你不记得三十多年前
第一次看见云亭时的感受了。
而它入你的诗仅仅不过十年，
仿佛第一次为你所见，并又如此惊诧于
这砖石的堆砌之物
那从来的简洁、朴素
与完整。

语言的更新

对一首诗而言，
真情实感是最重要的。
但语言的更新
与提炼同样是决定性的，
并对应于这人世
之从来的艰难。

在洞头

只有蹲下来，
蹲下来，
只有这更低处，
我们才能听清大海，
以及
那为浪花所簇拥的永恒。

无愧我心

你常不安于
有失于礼，
而又终于释怀于
"无愧我心"。

命运

在回首往事时，
你蓦然惊诧于
那些不经意
而又具有决定性的时辰，
那些在懵懂与茫然中
又早已
向你敞开的命运。

一个最美好的人世

一个最美好的人世：

既成人之美，

又得偿所愿。

诗的救赎

在这个从来而悲苦的人世，

我依然

或许永远需要

一首诗的救赎。

诗在救我

诗在救我，
在救这个不断下坠、
沉沦的人世，
诗在救它自己。

在汝州

在汝州，午夜醒来
读刘希夷的《秋日题汝阳潭壁》
《故园置酒》《嵩岳闻笙》《归山》
《代悲白头翁》，
一个可能被文学史严重低估了的
天才诗人。
（他比你苦难的亡兄存世
仅仅多一个春秋）
而你透过这茫茫夜色，
这寂静，
再一次看见，或听到了
从《诗经》中流出，
（这里依然不会是起点
与源头）
将《古诗十九首》、阮籍、刘希夷，
以及杜甫、东坡居士连接在一起的
那条永无止境的河流。

心的道路

科学技术试图帮助我们
从外部建立起万物之间的
一种从来的关联，
而我们又必须重新发明出
那条向内
亦即心的道路。

一首伟大的诗

一首伟大的诗往往是静水深流的，
并对应于寂静、安宁与惊涛骇浪
所形成的巨大张力，
以及那个步步惊心、岌岌可危
而又安之若泰的人世。

又一个真身

最初，你对李白的衣冠冢是无感的。

它几乎与你同年，

（上世纪七十年代迁于此地）

虽然它坐落于采石矶上

一处眺望长江水的绝佳之地，

并紧邻传说中太白先生的

落水处。

你带着浅浅的失望

或遗憾，

直到你看见了林散之先生题写的碑文，

仿若太白先生的

又一个真身。

"梅花道人"

这个一生痴爱梅花，
"筑梅花庵，植梅数百株"，
自号"梅花道人"，
为自己题写墓碑"梅花和尚之塔"者，
他最打动你的，
却是那些在千年后
依然酣畅沉着，
直入你心的墨竹。

自然的玄妙与神奇

自然的玄妙与神奇在于
它从来作为道的显明。

明都御史胡拱辰墓

最初，你是被这座垂直高度不足十米的小丘

一种弥漫开来的

强烈气场吸引，

在这个天色已渐渐暗淡下来的薄暮。

你通过三条用青砖铺就

同时抵达其顶部的

小径中的一条

来到了，

那同样用青砖砌出的

方形观景台。

在短暂地停留后，

你选择了有一片密密竹林一侧的

那条小径，

回到了平地。

在环小丘绕行，

并在寻找一条归去之路，

而即将告别的一瞬，

在一次猛然回首中，

你与矗立在第三条小径的侧畔，

那个斑驳残损，

又因新近涂色后字迹如此醒目

与惊心的碑石

——"明都御史胡拱辰墓"

（你念兹在兹的祖先，

他的画像曾悬挂在

所有族人的中堂）

相遇。

在一个我应已然不在的人世

在一个甲子之后，

点点能获得这样一张清癯

而繁华落尽的面容吗？

就像在西湖北岸的长木椅上

这位静静坐着的老人，

在一个

我应已然不在的人世！

人世神秘而不可测度

人世神秘
而不可测度，
并终于绵延成
这大地之奔腾
与起伏。

我特别羡慕林和靖

我特别羡慕林和靖，
这个生活在北宋
——一个文明古国的
一个最好的时代，
以及这个辽阔国度
最好的一片山水中的
隐逸诗人，
而他离世时
距离那个山河破碎的时辰
还有整整一个世纪。

岁月如寄

你上、下午各念一遍金刚经，
晚上抄一遍心经，
早中晚散步大约一个半小时，
然后每天修订一遍近作与文稿，
并惊诧于这悄无声息间的
岁月如寄。

唯落日教会我们不朽

唯落日教会我们不朽，

唯枯荷完整地保存下了

这人世之永恒！

荆棘的冠冕

对一个真正的诗人来说，
任何的荣誉或嘉奖
都不构成一次加冕。
而你愿意去领受
这荆棘的桂冠，
是你希望更多的人能感受
与分享到
这汉语之美，
这东方文明更深处的精微、
智慧与慈悲。

图书在版编目(CIP)数据

杭州书/泉子著.--上海：华东师范大学出版社，
2024. -- ISBN 978 - 7 - 5760 - 5679 - 2

Ⅰ. I227

中国国家版本馆 CIP 数据核字第 20250P5V63 号

华东师范大学出版社六点分社

杭州书

作　　者　泉　子
责任编辑　朱妙津　古　冈
责任校对　卢　荻
装帧设计　蒋　浩

出版发行　华东师范大学出版社
社　　址　上海市中山北路 3663 号　邮编　200062
网　　址　www. ecnupress. com. cn
电　　话　021 - 60821666　行政传真　021 - 62572105
客服电话　021 - 62865537　门市(邮购)电话　021 - 62869887
地　　址　上海市中山北路 3663 号华东师范大学校内先锋路口
网　　店　http://hdsdcbs. tmall. com

印 刷 者　上海景条印刷有限公司
开　　本　787×1092　1/32
插　　页　1
印　　张　11. 625
版　　次　2025 年 3 月第 1 版
印　　次　2025 年 3 月第 1 次
书　　号　ISBN 978 - 7 - 5760 - 5679 - 2
定　　价　79. 00 元

出 版 人　王　焰

(如发现本版图书有印订质量问题,请寄回本社客服中心调换或电话 021 - 62865537 联系)